DISCOURS

PRONONCÉ PAR

M. LE DUC D'AUMALE

A L'ACADÉMIE FRANÇAISE

Le 3 Avril 1873

Édition illustrée d'un Portrait

PARIS

LIBRAIRIE DU MONITEUR UNIVERSEL

13, QUAI VOLTAIRE, 13

1873

DISCOURS

PRONONCÉ PAR

M. LE DUC D'AUMALE

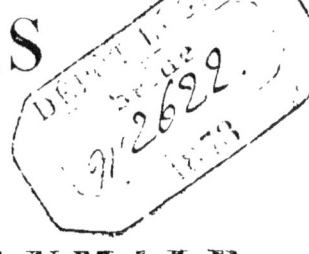

A L'ACADÉMIE FRANÇAISE

Le 3 Avril 1873

—

Édition illustrée d'un Portrait

— —

PARIS

LIBRAIRIE DU *MONITEUR UNIVERSEL*

13, QUAI VOLTAIRE, 13

—

1873

DISCOURS

PRONONCÉ PAR

M. LE DUC D'AUMALE

A L'ACADÉMIE FRANÇAISE

Le 3 avril 1873

MESSIEURS,

Le 12 juin 1853, les Impériaux montaient pour la troisième fois à l'assaut de Thérouanne, l'antique cité d'une des plus belliqueuses tribus de la Gaule, et l'un des boulevards de notre frontière du Nord. Ils s'avançaient irrités d'une résistance qu'ils ne s'attendaient pas à rencontrer dans une ville des plus mal pourvues. Au sommet de la brèche, au premier rang des assiégés, se tenait un vieillard plus que septuagénaire, le visage tout décomposé par la fièvre et par la jaunisse : c'était le commandant de la place, ancien compagnon du roi François et de Bayard. Une pique à la main, il attendait l'ennemi pour le recevoir comme il avait fait aux deux attaques précédentes.

Dès qu'au milieu des décombres il vit paraître le premier des assaillants : « A moi ! cria-t-il ; à moi, capitaine ou enseigne ! Je suis le général. » Et presque aussitôt il roula, frappé d'un coup d'arquebuse, tenant la parole qu'il avait donnée au roi : « Sire, je suis bien malade ; mais quand vous apprendrez que Thérouanne est pris, dites hardiment que votre serviteur... est bien guéri ; madame la jaunisse n'aura pas l'honneur de me faire mourir. »

Dans cet entrain chevaleresque, dans ce dévouement à soutenir une lutte désespérée, dans cette forme originale et fière du courage, vous retrouvez, messieurs, des traits qui vous sont connus. Le défenseur de Thérouanne était un Montalembert. Seize de ses descendants furent comme lui tués sous le drapeau, et nous pouvons ajouter à cette liste héroïque le nom d'Arthur de Montalembert, colonel du 1er de chasseurs d'Afrique, enlevé par le choléra tandis qu'il conduisait son régiment dans une expédition au Maroc. La mort du soldat à l'hôpital, devant l'ennemi, c'est aussi la mort au champ d'honneur.

Le frère aîné de ce brave officier, Charles Forbes de Montalembert, était le premier de sa famille qui ne fût pas d'épée ; mais on l'a déjà dit, sa parole était une épée. Il porta dans les mêlées parlementaires l'ardeur, la fougue qui entraînaient ses aïeux au combat, et par sa vaillante éloquence il conquit la renommée que ceux-ci cherchaient à la guerre. Il mérita l'honneur de siéger au milieu de vous. Vos suffrages allèrent le trouver à la tribune de l'Assemblée nationale, au moment où les accents de sa voix y retentissaient avec le plus d'éclat, où sa parole avait acquis toute sa puissance, soulevait le plus d'enthousiasme ou de colère. Mais quel contraste ! lorsqu'il vint vous remercier, la tribune politique était muette, et cette enceinte était la seule où pût vibrer une libre parole. Vous vous rappelez quel voile de tristesse semblait envelopper cette réunion, lorsque le public que vous conviez à vos séances, comptant les places vides sur vos bancs, cherchait des yeux ceux de vos illustres confrères qui venaient d'être séparés de vous par l'exil.

L'exil! que de souvenirs ce mot réveille dans mon cœur! et comment ne pas le prononcer aujourd'hui! car, si je me vois appelé à vous parler de ce grand orateur et de ce grand chrétien, c'est que vous avez voulu vous associer à la généreuse résolution de l'Assemblée nationale qui m'ouvrait les portes de la patrie. Vous m'avez recueilli au moment où je mettais le pied sur le sol de mon pays; vous avez admis le proscrit d'hier dans cette compagnie qui porte le nom de la France. A la douleur inexprimable de retrouver la patrie vaincue, mutilée, sanglante, se mêlait la joie de la revoir, d'en respirer l'air, de pouvoir la servir, de lui dévouer mon fils. Messieurs, depuis le jour où vous m'avez fait cet honneur, il a plu à Dieu d'éteindre la dernière flamme de mon foyer domestique.

Ah! permettez qu'ici j'interrompe l'ordre consacré par l'usage, et qu'en vous lisant quelques lignes empruntées aux œuvres de M. de Montalembert, je vous fasse avant tout connaître ce qu'il y avait de tendresse dans le cœur de cet orateur véhément, de douceur et de poésie dans l'âme de cet intrépide soldat du Christ et de la liberté.

C'est un fragment de l'éloge de Lacordaire où il parle de « cet amour qui est de tous le plus pur et le plus ardent, le plus tendre et le plus légitime, qui, né le dernier, l'emporte sur tout et survit à tout. C'est la passion du père pour l'enfant, pour la jeune âme bienheureuse qu'il voit éclore sous ses yeux... Rien, non, rien dans la religion elle-même n'attire vers Dieu, ne révèle Dieu, comme la foi et la bonne foi de l'enfant, comme son cœur, sa voix et son regard; ce cœur si innocent et si passionné, qui veut tout avoir parce qu'il se donne tout entier, et tout savoir parce qu'il n'a rien à cacher; cette voix d'une mélodie si tendre et si suave, qui parle à l'homme comme il faudrait toujours parler à Dieu... Je m'arrête de peur que ces lignes n'aillent navrer quelque cœur désespéré de n'avoir pas connu cette félicité, ou, l'ayant connue, de l'avoir perdue sans retour [1]. »

Messieurs, il me semble qu'après cette page je n'aurai plus à vous parler du cœur de M. de Montalembert. Son cœur est là; il s'y est peint lui-même. Si cette tendre image n'est pas nouvelle pour nous qui avons pu jouir de son intimité, elle surprendra peut-être ceux qui se rappellent surtout le citoyen ardent dans les luttes politiques, le polémiste passionné et militant. Je vais essayer maintenant de remplir la tâche difficile que votre suffrage m'a confiée.

Les souvenirs que j'évoquais tout à l'heure, en vous adressant la parole, témoignent de l'origine de M. de Montalembert; il était impossible d'appartenir plus complétement à la France. Les noms qu'il reçut au baptême nous apprennent qu'il était né sur la terre étrangère. Sa famille avait été dispersée par le vent des révolutions. Tandis que son grand-oncle, ingénieur éminent, continuait, sous la direction de Carnot, pour la défense de la République, les travaux qui, dès 1747, lui avaient ouvert les portes de l'Académie des sciences, son père émigrait et se fixait en Angleterre, où il se maria en 1808. Votre illustre confrère y naquit deux ans plus tard. Le nom de Forbes, qui, suivant une coutume étrangère à notre pays, accompagnait le vieux titre poitevin de sa famille, était celui d'un antique clan d'Ecosse auquel appartenait sa mère. Le caractère de l'enfant garda l'empreinte de cette alliance. Une éducation originale, sans plan bien arrêté, résultat presque forcé d'un enchaînement de circonstances, développa cet ensemble de goûts, d'opinions, de qualités, de vertus, dont l'heureux mélange fit un homme accompli, type remarquable de l'union de deux races.

Après la Restauration, le comte René-Marc de Montalembert suivit en France les princes dont il avait

---

1. Le Père Lacordaire, *OEuvres de M. de Montalembert*, IX.

partagé l'exil ; mais le nouveau gouvernement lui con-
fia une mission qui l'éloignait encore du sol de la patrie. Ministre à Stuttgardt, il ne voulut pas associer
son jeune fils aux incertitudes de la vie, souvent er-
rante, d'un diplomate. Le petit Charles fut confié à
son grand-père maternel, et sa première enfance
s'écoula doucement au foyer d'un aïeul bienveillant,
érudit et artiste, qui, surprenant en lui les signes d'une
distinction précoce, mettait à la portée de cette déli-
cate intelligence le fruit de ses recherches et de ses
travaux. M. Forbes habitait un des coins les plus frais et
les plus verts des environs de Londres, près de la célèbre
école de Harrow. où deux hommes qui devaient inspi-
rer plus tard à votre confrère une vive admiration, le
plus grand poëte et un des plus grands hommes
d'Etat de l'Angleterre moderne, Byron et Peel, venaient d'achever leurs études. Exclu de Harrow par
son âge et par sa foi, le jeune Montalembert passait
souvent ses matinées dans un établissement plus mo-
deste, où il était envoyé, non pas pour commencer ses
classes, suivant l'expression consacrée dans notre pays,
mais pour apprendre à pratiquer la vie et le travail en
commun.

Il y avait alors, en dehors des grandes fondations,
deux sortes d'écoles en Angleterre : les unes, où la
combinaison d'une indépendance qui nous étonne et
d'une discipline qui peut nous paraître cruelle inspire
de bonne heure à l'enfant, avec le sentiment de la res-
ponsabilité, l'habitude de la franchise et d'une obéis-
sance qui n'a rien de servile; d'autres, où le manque
de surveillance et de sordides calculs donnaient lieu à
des abus qui ont heureusement disparu, mais dont la
vive imagination d'un romancier célèbre, Charles Dickens, stimulée par d'amers souvenirs, nous a laissé
d'émouvantes peintures. C'était un de ces contrastes
que parfois encore on rencontre en Angleterre, et qui
choqueraient davantage si on les voyait s'effacer chaque jour, si l'observateur attentif ne remarquait avec
quelle persévérance ce grand, heureux et libre pays

1.

s'applique à corriger ce qui est mal, sans détruire ce qui est bien.

La maison de Fulham, située sur les bords riants de la Tamise, ne ressemblait par aucun trait aux écoles décrites par Dickens. Montalembert y resta peu de temps, assez cependant pour en retenir une impression utile, et ne jamais oublier la langue anglaise qu'il écrivait et parlait avec correction et facilité.

Un coup de foudre vint interrompre ces premiers essais d'éducation publique. Le vieillard qui était le guide et l'ami de l'enfant expira entre ses bras, dans une chambre d'auberge. Ce fut l'initiation de M. de Montalembert à la douleur, ce fut pour lui la première de ces surprises que la mort nous prodigue et qui se répètent sans jamais nous trouver prêts à les recevoir.

Un assez long temps s'écoula avant que l'écolier de Fulham fût astreint à la règle d'un collége. Des leçons particulières, des cours qui semblaient au-dessus de son âge, quelques voyages, remplirent les six années que les vieilles méthodes françaises consacrent au travail assidu, méthodique, fixé par un programme. L'expérience réussit, grâce aux dispositions d'une nature d'élite, grâce à la fermeté des principes déjà gravés dans ce jeune et bon cœur, et lorsque, dans sa dix-septième année, il devint élève du collége Sainte-Barbe [1], il débuta par des succès au concours général. Résolu à devenir un humaniste excellent, il ne consacrait pas seulement aux études littéraires et philosophiques ce que nous pourrions appeler les heures réglementaires, quoiqu'il le fît avec conscience; acceptant avec soumission notre discipline universitaire, il continua la pratique du travail individuel que lui avait enseignée son contact avec les écoles anglaise et allemande, et qu'avaient confirmée les leçons d'éminents professeurs. Ouvrez le recueil des lettres qu'à

1. Aujourd'hui collége Rollin.

dix-sept ans il écrivait à un condisciple ; voyez le plan de lecture qu'il avait adopté pour charmer ses vacances, et qu'il exécutait avec une merveilleuse exactitude. En tête de la liste vous trouvez les Grecs et les Latins, l'Odyssée et les Lettres de Pline, puis le chef-d'œuvre de la prose française, les *Provinciales ;* puis enfin ces poëtes anglais qu'il chérisait et où déjà il trouvait des souvenirs. Suivez les confidences de cette jeune âme qui s'épanche dans une correspondance de chaque jour. L'amitié suffit encore à nourrir la tendresse de son cœur, et comme il en parle! Comme il est sous le charme quand il rencontre de Thou se dévouant pour Cinq-Mars, quand il écoute le rêveur Posa parlant à don Carlos, ou le mélancolique Moore chantant les malheurs de la verdoyante Erin! Voyez-le saisir au passage toutes ces formes souvent vagues, leur donner un corps, s'approprier les peintures où il retrouve la passion concentrée sur l'amitié, la patrie, la liberté, la foi !

On surprend aussi dans ces lettres le futur orateur qui s'essaye, l'homme politique qui se prépare. Ce ne sont pas seulement les débats de nos Chambres qui l'occupent, chose commune à cette époque où l'indifférence politique n'avait pas encore atteint les jeunes générations. Mais ce qui était rare et qui, je crois, le sera de tout temps, c'était de voir un écolier en congé prendre, pour se distraire, le livre de Delolme et les Annales des Chambres anglaises, remonter aux sources pour étudier les théories constitutionnelles et l'éloquence parlementaire, oublier à seize ans le fusil ou le cheval pour se promener en déclamant. « Souvent, au milieu d'un bois, je commence une improvisation fougueuse contre le ministère, puis, avec ma vue basse, je tombe nez à nez sur quelque bûcheron ou quelque paysan qui me regarde d'un air ébahi et me croit sans doute échappé d'une maison de fous. Moi, couvert de honte, je me sauve à toutes jambes, et puis je recommence à gesticuler et à déclamer. » Dans son enthousiasme, il croyait voir le grand évêque de Meaux mêlé aux luttes parlementaires, et il s'écriait : « Bossuet à la tribune ! Quel spectacle [1] ! »

Parmi les modèles qu'il étudiait, un surtout l'entraînait par ses mouvements oratoires, c'était Grattan. La parole enflammée de ce tribun transforma en un véritable zèle le sentiment un peu vague que la poésie de Moore avait d'abord inspiré à Montalembert. Il s'éprit de l'Irlande, il voulait écrire son histoire depuis 1688; dans le plan de'ce travail conçu à dix-huit ans, sa pens e se proposait le double but qu'il devait poursuivre toute sa vie : « Je veux présenter à la France l'exemple d'une nation qui a perdu sa liberté par sa complaisance pour le trône, et rendre justice au catholicisme en déployant le tableau des vertus, surtout du patriotisme qu'il a engendrés en Irlande. » M. de Montalembert révèle dans ces quelques lignes le secret de sa vie ; son choix est fait. Déjà, il m'est permis d'emprunter à nos théologiens l'expression dont ils se servent pour définir le plus auguste et le plus impénétrable des mystères du christianisme, déjà on voit deux natures se confondre en lui : il est et il sera toujours non-seulement catholique et libéral, mais catholique et libéral tout ens mble.

Et déjà aussi il a comme une vue de l'avenir ; il devine les combats intérieurs qui agiteront son cœur, les déchirements qui troubleront sa vie, et avec un accent prophétique il écrivit à son ami : « Je le prévois, après avoir énergiquement lutté pour assurer le triomphe de la liberté, je serai un jour séparé de ceux auprès de qui j'aurai combattu jusqu'alors, et, pour défendre le christianisme, le catholicisme en péril, je devrai me confondre dans les rangs de ceux dont j'aurai blâmé la conduite. La vérité est encore plus pour moi que la liberté. » Presque dans la même lettre, en parlant d'un noble prélat qui le comblait de ses bontés,

---

1. « Lettres du comte de Montalembert à un ami de collége, » 1827-1829.

il avait dit : «Jamais il ne pourra exister de confiance entre lui et moi, jamais mon cœur ne pourra se livrer à un prêtre, à un Français qui déclare hautement que la liberté et l'égalité constitutionnelle sont des chimères. »

Ceci était écrit en 1827. Certes, on comprend qu'à la fin d'une longue carrière, après avoir traversé ces temps agités où le devoir est souvent obscur, après avoir, peut-être, dans la navigation politique, touché à plus d'un rivage, un homme public cherche à expliquer les oscillations d'une conduite qui, bien que toujours désintéressée, peut n'avoir pas eu toujours les apparences de la suite et de la fermeté ; mais n'est-ce pas le témoignage d'une âme essentiellement loyale que cette naïve déclaration résolûment, spontanément faite par un jeune homme qui, loin d'être arrivé au temps du retour sur lui-même, n'a pas même encore atteint l âge de l'ambition? Les contradictions du langage de l'adolescent reparaîtront plus tard dans la conduite de l'homme, qu elles expliquent et justifient. A l'automne comme au printemps de la vie, c'est la vérité qu'il poursuivra, et si un jour certains incidents de sa carrière publique peuvent étonner ceux de ses amis qui appartiennent à l'opinion libérale, si par quelques-unes de ses tendances il semble s'éloigner des doctrines professées par les défenseurs les plus écoutés du catholicisme, les lettres de l'enfant sont là pour attester que, dans le flux et le reflux de la marée politique, il recherchait toujours l'alliance de la liberté et de la religion ; qu'il voulait voir, comme son ami Lacordaire, la liberté acceptée et fortifiée par la religion [1] ; qu'il fut toujours sincère avec lui-même et ferme en son dessein, « *justum et tenacem.* » Oui, déjà il était et restera un « juste » dans le sens antique du mot si admirablement défini par Horace. Déjà aussi il était et il restera un « juste » selon l'Ecriture; il croît

---

1. Discours à l'Académie française du 24 janvier 1861.

et se développera comme l'arbre majestueux du désert :
« *Justus ut palma florebit* [1]. »

Si, au sortir de l'adolescence, M. de Montalembert
avait déjà cette fermeté de principes, cette vue claire
du but qu'il se proposait, des mécomptes et des périls
qui l'attendaient, il était encore incertain sur la route
qu'il devait suivre. Serez-vous surpris, Messieurs, si
je vous rappelle que sa première tentative fut non pas
un livre, comme il l'avait d'abord médité, mais un
article de polémique dans un recueil périodique? M. de
Montalembert était plus de son temps qu'il ne le
croyait lui-même. Il aimait la presse, il éprouvait
pour elle cet entraînement qui est de nos jours; il
redoutait ses excès, la blâmait sévèrement, et n'eut
pas toujours à s'en louer; mais toujours il lui reve-
nait, et à ce propos il répétait ce vers d'une élégie
amoureuse d'Ovide :

... « *Nec sine te, nec tecum vivere possum* [2]; »
Je ne puis vivre ni avec toi ni sans toi.

C'est en arrivant de Suède, où il avait été passer
auprès de son père une de ses vacances, toujours labo-
rieuses, qu'il offrit son premier tribut à cette incons-
tante. Ayant vu sur le trône un soldat français que la
Révolution avait couronné et qui lui semblait trop
attaché à des prérogatives d'origine récente, trop peu
soucieux des libertés politiques ou religieuses, il attaquait le gouvernement de Charles XIV avec une ardeur qu'un juge excellent [3] trouvait excessive chez le
fils de celui qui représentait la France à Stockholm.
Un peu refroidi par cet accueil, et cherchant une carrière militante, il hésita entre des plans divers : tantôt
attiré par l'instinct guerrier de sa race dans les rangs

---

1. Ps. xci, v. 13.
2. Ovid., *Amor.*, III, él. xi. — M. de Montalembert attribuait ce
vers à Catulle parlant de Lesbie.
3. M. Guizot.

de l'armée française qui allait débarquer sur la plage où mourut saint Louis ; tantôt entraîné vers l'Irlande par les rêves de sa jeunesse, par le désir de servir l'Eglise persécutée. L'espoir de prendre part à une croisade moderne l'emporta sur le souvenir des croisades anciennes, et il courut offrir ses services à O'Connell. Peut-être s'était-il exagéré les desseins du « libérateur ; » en tout cas celui-ci ne parut pas le comprendre ; et ce voyage ne fut qu'une protestation contre une oppression qui avait duré des siècles, mais qui cessait à ce moment même.

D'ailleurs la France allait ouvrir un champ plus vaste à son zèle : le terrain des discussions publiques s'était élargi ; le feu de la polémique, déjà bien vif, s'était encore ranimé ; la révolution de Juillet venait de s'accomplir. Elle répondait, par certains côtés, aux aspirations libérales de M. de Montalembert ; elle froissait, en d'autres points, les traditions de sa famille ; elle alarmait sa foi et l'inquiétait pour l'avenir. La liberté avait fait un pas en avant, mais la forme de ce progrès n'était pas celle que la jeune âme de votre confrère avait rêvée, que l'étude de la constitution anglaise lui avait enseignée. Avec l'ardeur naturelle de son âge et la chaleur particulière de son cœur, il se peignait à lui-même un sombre tableau, — nous pouvons dire que c'était un songe, — où il voyait consommer le sacrifice des intérêts qui lui étaient les plus chers : le despotisme administratif plus fermement assis que jamais et remplaçant l'autorité royale, les carrières publiques, celle de l'armée surtout, fermées aux familles militaires de la vieille France ; l'Eglise opprimée, sinon persécutée ; la Charte promulguée d'hier et déjà méconnue, puisque l'enseignement n'était pas affranchi et continuait à subir le joug de l'Université.

Cette disposition quelque peu chimérique de l'esprit et du cœur ne pouvait pas rester, chez M. de Montalembert, à l'état de vague inquiétude et de stérile chagrin. Il résolut de résister à ce qu'il prenait pour la tyrannie, de défendre l'Église, de marcher à la conquête de la liberté de l'enseignement. Il trouva un chef et un allié pour commencer le combat. Deux hommes, partis de pôles opposés et réservés à des destinées bien différentes, s'avançaient alors dans la même route et poursuivaient le même but; l'un, encore inconnu, jeune avocat du barreau de Dijon, tout plein du sel de sa province, âme vaillante qui d'abord n'avait eu de foi qu'en la République, et que la grâce venait de toucher; l'autre, prêtre breton, déjà célèbre, épris jusqu'à ce jour des théories absolutistes, émule de M. de Maistre, obstiné et dur, mais que selon l'expression de Bossuet, la grâce ne voulait pas quitter encore; j'ai nommé Lacordaire et Lamennais. Montalembert s'unit étroitement avec eux; ils fondèrent un journal; ils voulurent ouvrir une école libre, et engagèrent une lutte où les deux plus jeunes membres de ce triumvirat espéraient peut-être rencontrer quelque péril, mais où ils devaient seulement apprendre qu'un gouvernement n'est pas plus dispensé de faire exécuter la loi qu'autorisé à l'enfreindre. L'ouverture de l'école de la rue Jacob était un acte inoffensif, mais illégal. L'école fut fermée, et M. Montalembert, que la mort de son père venait d'appeler à la Chambre haute, revendiqua le droit de plaider sa cause devant la cour des pairs. Ce fut son début dans l'art où il devait exceller [1]. Il étonna et charma son auditoire par la chaleur de sa parole, par l'originalité de ses vues, par la hardiesse de ses idées que tempérait une certaine déférence dans l'expression, et l'on peut redire de lui ce qu'on avait dit de Burke, ce que lui-même devait redire plus tard de Donoso Cortès [2] : « *He darted into fame*, » du premier bond il conquit la renommée.

L'effet fut grand, il l'eût été davantage si d'autres questions plus brûlantes n'avaient pas attiré l'atten-

1. Séance du 19 septembre 1831.
2. *OEuvres*, V. —

tion, si d'autres agitations plus sérieuses n'avaient pas troublé le pays; si cette lutte même avait continué dans la presse ou devant la justice nationale; mais, après la sentence indulgente de la cour des pairs, les acteurs de la lutte avaient disparu de la scène française; le plus auguste des juges était intervenu et avait appelé la cause devant un tribunal que les fondateurs de l'*Avenir* n'avaient pas le droit de récuser. Ils passèrent les monts. Un pénible débat, qu'enveloppait un voile alors impénétrable aux yeux du grand nombre, retint pendant plusieurs années le jeune pair de France loin de la Chambre où il semblait n'avoir pris séance que pour échanger son fauteuil contre une sellette d'accusé. Aujourd'hui, c'est devant un arbitre souverain qu'il s'incline plutôt qu'il ne plaide; c'est avec une pieuse anxiété qu'il attend un arrêt dont la sanction n'est pas sur cette terre. Son âme est profondément troublée; les appuis lui manquent; ses amis sont désunis. Tantôt il subit l'influence d'une domination impérieuse, tantôt il écoute les conseils d'une affection passionnée, infatigable dans ses efforts pour prévenir une rupture que son esprit peut bien prévoir, mais que son cœur ne veut pas accepter.

Quand enfin arriva le dénoûment, d'autant plus solennel et décisif que la gravité de la curie romaine l'avait plus longtemps retardé, Montalembert se trouva séparé de Lacordaire par la grille du cloître, et de Lamennais par un fossé plus difficile encore à franchir : il n'y avait plus de transaction possible entre l'orgueil humain et la soumission chrétienne.

Cette longue et douloureuse crise avait eu ses phases de calme et d'apaisement ; dans l'intervalle des périodes aiguës, quand il pouvait s'arracher à tant d'émotions et de cruels soucis, Montalembert avait trouvé des loisirs que le travail, les voyages et les soins de l'amitié avaient doucement remplis. Tantôt à Naples ou à Pise, mêlé à ce chaste roman que nous a révélé le touchant « *Récit d'une sœur* », tantôt à Florence, à Sienne, à Munich, il parcourut l'Italie, l'Allemagne, notant dans sa mémoire les sites grandioses qu'il devait magnifiquement décrire plus tard, fouillant les bibliothèques, visitant les musées, les galeries, avec l'attention d'un curieux délicat, d'un amateur éclairé, avide de voir et de savoir. Si, pour un temps, il laisse de côté les graves problèmes dont il avait dans son adolescence rêvé la solution, il reste toujours animé du même souffle chrétien et libéral, toujours guidé par le même flambeau qui l'éclairait dans tous les actes de sa vie , dans ses plus sérieuses études, dans ses plus moindres recherches. Tout en rassemblant de nombreux matériaux pour des travaux historiques dont le plan n'était pas encore bien arrêté dans son esprit, il écrivit ou prépara durant cette période la plupart de ses mémoires sur les beaux-arts. Il les a réunis plus tard dans un volume de mélanges, qu'il a rendu un des plus attrayants de son œuvre, en y joignant quelques récits de vies pures et chrétiennes et de profonds aperçus sur la société française du dix-septième siècle.

Les opinions de Montalembert sur l'art étaient le fruit d'études si complètes, il les a exprimées avec tant d'originalité et de verve, que vous me permettrez de vous y arrêter un moment.

C'est sous la forme chrétienne que le beau frappait les yeux et saisissait l'esprit de ce croyant. C'est à cette forme qu'il appliquait résolûment et librement les règles de l'esthétique; son admiration rétrospective, dépassant les limites que des juges moins spiritualistes n'avaient pas encore osé et n'osent pas toujours franchir, atteignait ces temps que les Italiens d'alors, — ils ont un peu changé, — appelaient *tempi bassi*. Et quand cette définition méprisante était encore acceptée par beaucoup de critiques, avant que le goût général se fût modifié, il savait apprécier et louer les *primitifs;* c'est, je crois, le mot actuel.

Son cœur d'artiste était à Sienne. Là il était à l'aise sur la place de la Seigneurie, en face de ces étages de palais fortifiés, ou bien sous les arceaux de l'incomparable cathédrale, arrêté devant un tableau de Sodoma, contemplant les fresques si fraîches, si pures, si éclatantes du Pinturricchio ; ou bien encore feuilletant ces manuscrits décorés par des miniaturistes qui n'ont pas eu de rivaux ; à chaque pas il rencontrait quelqu'un des chefs-d'œuvre accumulés dans cette ville étrange et charmante où revivent tous les grands souvenirs des républiques italiennes, et dont les murailles ruinées conservent la trace du siége héroïque soutenu par Blaise de Montluc et ses compagnons, lorsqu'ils défendaient contre les Impériaux ce dernier boulevard des franchises municipales et nationales du moyen âge.

Florence, Rome même, répondaient moins que Sienne à l'idéal de Montalembert. A Florence, il trouvait bien Dante,— un moment même, atteint, comme tant d'autres, de la folie dantesque, il fut sur le point de commenter la *Divine Comédie*, fâcheuse erreur dont sa bonne étoile le préserva ; — il trouvait aussi Giotto, auquel il préférait Giottino, je ne sais pourquoi, Fra Angelico, Simon Memmi et tant d'autres ; mais à l'entendre, les Médicis avaient tout gâté. A Rome, les sentiments du fils soumis de l'Église gênaient un peu les libres appréciations du critique. Les débris des monuments élevés par les Césars n'avaient d'attraits pour lui que lorsqu'ils étaient purifiés par le sang des martyrs, et le moment qui, pour le grand nombre, marque l'apogée de l'art chrétien, était à ses yeux le commencement de la décadence. Ainsi Raphaël, dans sa troisième manière, lui semblait un ange déchu ; il ne comprenait pas Michel-Ange ; le Corrége était matérialiste ; faut-il ajouter que l'école bolonaise n'existait pas pour lui ? Je me souviens de la mésaventure d'un amateur de ma connaissance qui s'évertuait à lui faire admirer une Vénus d'Annibal Carrache. Un peu le sujet, beaucoup le nom du peintre, avaient éloigné les regards de M. de Montalembert, et rien ne put les ramener ;

ni le témoignage de Bellori qui avait décrit ce tableau comme une œuvre capitale, ni l'observation que le maître s'était affranchi, cette fois, de sa banalité, de sa froideur ordinaire ; que son tableau était vivant, animé, coloré comme un Véronèze ; peine perdue ! il ne fallait pas parler des Vénitiens à votre illustre confrère, à moins qu'ils ne fissent partie du groupe des Bellini, ou qu'on pût accoler à leur nom l'épithète de *quattrocentisto ;* Titien même était condamné. Enfin l'amateur produisit un dernier argument qui semblait irrésistible : le tableau avait été peint pour un cardinal ! Je n'ose vous dire, messieurs, comment cette assertion fut accueillie ; le mot de païen fut prononcé.

M. de Montalembert appréciait avec une parfaite liberté d'esprit les opinions et les actes du clergé, lorsque le dogme et la foi n'y étaient pas intéressés, et notamment pour tout ce qui touchait à l'art. Ainsi il fut un des premiers, un des plus ardents à reprocher à notre vénérable et patriote clergé de France l'état d'abandon dans lequel étaient restés si longtemps nos monuments d'architecture religieuse, ou les soins peu intelligents qui avaient été donnés à leur conservation. Il est vrai que ce blâme atteignait surtout certaines traditions gallicanes dans le système de restauration ou de mutilation inauguré au dix-septième siècle et continué jusqu'à l'époque où votre regretté confrère prit tantôt la plume et tantôt la parole pour s'associer au mouvement des esprits qui réhabilitait le moyen âge ; il marcha dans cette campagne à côté des romantiques, sans jamais se mêler complétement à leurs rangs ; émule plutôt qu'adepte de celui qui avait conduit si vaillamment l'avant-garde, l'illustre auteur de *Notre-Dame de Paris,* il se rapprochait, par l'ensemble des doctrines, de celui d'entre vous, messieurs, que je puis appeler à bon droit le premier de nos critiques d'art.

Et la lutte fut persévérante ; même après les grands succès remportés par les historiens, par les romanciers, par les critiques, Montalembert veillait, décou-

vrait de nouveaux méfaits et les signalait à l'indignation publique ; défendant les souvenirs de la patrie,
les remparts de Beauvais où avait combattu Jeanne
Hachette, ceux d'Avignon auxquels les papes n'avaient
pu ôter cette empreinte que les Sarrasins ont laissée
sur la civilisation du Midi ; le collége Montaigu, dont
la noire façade semblait perpétuer la tradition scolas-
tique au sommet du pays Latin ; et cette flèche de
notre vieille basilique qui, après avoir échappé au
marteau en 93, avait disparu dans une tentative de
réparation ; elle qui, pendant des siècles, servant
comme de phare, signalait au voyageur comme l'ap-
proche de Paris ! Revoir le clocher de Saint-Denis,
c'était presque un proverbe, c'était le rêve du marin,
du soldat, de l'exilé, de tous ceux que les chances du
service ou les coups de la proscription tenaient loin
de la patrie !

Dans ses plaidoyers éloquents en faveur de nos
vieilles cathédrales et de nos antiques murailles, Montalembert, classant ceux qu'il flagellait, prêtres, pro-
priétaires, fonctionnaires de tout ordre, donnait la
palme de la destruction aux serviteurs de l'Etat.
Appliquant partout le principe stratégique de la défense
offensive, il attaquait avec une vivacité particulière les
opérations de nos ingénieurs militaires, esclaves du
cordeau et de la ligne, sacrifiant les vestiges de l'art
ancien à l'application rigoureuse des règles mathéma-
tiques de leur profession. Peut-être cette appréciation,
injuste selon moi, même à ce point de vue spécial et
restreint, de nos admirables officiers du génie, se res-
sent-elle des traditions léguées à Montalembert par
son grand-oncle, qui, en essayant de faire prévaloir
son système de fortification perpendiculaire, avait
fourni contre les disciples de Vauban quelques-unes
de ces charges à fond dont votre illustre confrère a
plus d'une fois retrouvé l'allure.

Ces vivacités de langage n'empêchèrent pas un ministre libéral d'appeler M. de Montalembert dans le
comité des monuments historiques. Nul n'y avait sa

place mieux marquée. Il en sortit plus tard sur l'ordre d'un gouvernement qu'il avait peut-être contribué à fonder; il y était entré par le choix d'un gouvernement auquel il faisait opposition. C'était en effet comme orateur d'opposition que M. de Montalembert avait reparu à la Chambre des pairs, et que pendant dix ans il occupa souvent la tribune, non pour faire une guerre de principe aux cabinets qui se succédèrent pendant cette période, mais pour se livrer à la critique indépendante de certains actes de l'administration, de certaines tendances du pouvoir, critique qu'il faisait à son heure, sans visées personnelles ni esprit de parti, sans autre but que d'exprimer son opinion. Ce rôle convenait à son âge et au genre de son talent, talent déjà brillant et remarqué, mais qui n'avait encore atteint ni sa maturité ni toute sa force.

Il y a deux sortes d'éloquence, disait Cicéron : l'une qui instruit, qui persuade par une discussion habile et serrée, l'autre qui enflamme par la passion et qui s'impose par la puissance [1]. Ceux qui, parmi les modernes, ont le plus pratiqué l'art de bien dire en public, les Anglais, reprenant la définition de Cicéron, l'exprimant avec cette concision énergique dont leur langue a le secret et qui défie la traduction, les Anglais divisent en deux classes les hommes qui exercent parmi eux l'empire de la parole ; je ne dirai pas les hommes de tribune, puisqu'il n'y a pas de tribune dans les salles vénérables de Westminster, mais ceux qui conduisent les affaires dans le parlement britannique. Le *debater* est celui qui sait surtout argumenter; l'orateur est celui qui entraîne plutôt qu'il ne persuade: Montalembert était un orateur.

Même hors de l'arène des luttes parlementaires, je ne crois pas qu'il fût possible de l'entendre dans une

---

1. *Quum duæ summæ sint in oratore laudes, una subtiliter disputandi ad docendum, altera graviter agendi ad animos audientium permovendos...* Cic., *Brut.*, XXIV.

réunion, d'avoir avec lui un entretien de quelque durée, sans être frappé de cette ampleur naturelle, de ce vif sentiment de la couleur, de cet instinct des grands effets de langage, de l'imprévu, du coin particulier dont sa parole était frappée comme une médaille. Sa conversation, ses écrits prenaient toujours le tour oratoire ; c'est son trait distinctif comme écrivain, et ce serait presque un défaut littéraire si le bonheur de l'expression et la hauteur des idées ne faisaient oublier ce que sa phrase a parfois de trop abondant. Il semble abuser de la période, mais cette forme est si spontanée qu'on n'éprouve aucune fatigue à la voir si souvent répétée. Cicéron blâmait les Romains qui écrivaient leurs discours après les avoir prononcés, « *habitæ jam, non ut habeantur* [1] ; » c'est un reproche qu'on n'a pas souvent l'occasion d'adresser aux modernes ; on ne le faisait pas à M. de Montalembert ; assurément il n'était pas de ces orateurs qui parlent et ne peuvent écrire. S'il a composé d'avance quelques-uns de ses discours, la vivacité foudroyante de ses répliques atteste qu'il pouvait beaucoup compter sur lui quand il abordait la tribune. Souvent même, au milieu de parties très-préparées, écrites peut-être, il a risqué une improvisation complète, et il était si bien armé par la nature et par l'étude qu'il était impossible à ses auditeurs ou à ses lecteurs de saisir le joint, la soudure entre le jet spontané et les phrases moulées d'avance. En parlant de cet admirable improvisateur que vous aviez appelé parmi vous, du père Lacordaire, il a tracé une image dont plusieurs traits peuvent être appliqués au peintre lui-même, indiquant jusqu'aux écueils qu'il cherchait à éviter, proscrivant surtout le lieu commun, « Epaminondas et Brutus, » par exemple, « l'épée de Damoclès » ou « le météore impérial. » Le fond solide de son érudition classique et historique lui fournissait les ressources qui man-

---

1. Cic., *Brut.*, XXIV.

quaient à s n ami. Chez lui l'éloquence faisait briller
un génie[1] développé par une application constante, et
la grave simplicité de l'attitude relevait l'éclat de sa
parole.

Sobre de gestes, la voix haute, pénétrante, avec
cette vibration particulière que l'Assemblée nationale
retrouve aujourd'hui dans une autre voix bien puissante aussi, qui étonne d'abord, mais qui bientôt agit
comme un mordant sur l'auditoire, l'œil bleu et clair
comme la pensée, le visage toujours calme, si bien
que, dans la limpidité de ce regard, on ne saisit aucun
reflet du feu intérieur qui anime la parole : tel était,
si je ne me trompe, Montalembert à la tribune.

Quand je regarde auprès de moi, messieurs, je me
demande comment il a pu m'échoir de vous retracer
le portrait d'un orateur ; mais le sujet m'y oblige, je
continue.

On a dit de lui qu'il était le tribun des aristocrates,
et Lacordaire lui reprochait un jour de vouloir ramener l'ancien régime. A quoi il répondait : « Est-ce que
je vous accuse de vouloir rétablir l'Inquisition, parce
que vous avez pris l'habit de saint Dominique? » —
Non ; il n'était pas un tribun, car il ne s'abaissait pas
à chercher les applaudissements, ni au dedans, ni au
dehors ; ne craignant pas de heurter les préjugés des
uns, de provoquer les rancunes des autres, exprimant
chaudement sa pensée, sans ménagements, sans souci
des nuances : « J'aime mieux le scandale que le mensonge! » disait-il. Non, il ne se consumait pas en
regrets impuissants pour un passé qui ne peut revivre,
il ne rêvait pas le chimérique retour de l'ancien régime, ni la création d'un gouvernement aristocratique
dont il aurait eu quelque peine, même en remontant
bien haut, à trouver les éléments dans notre histoire.
Ce n'était pas l'égalité qu'il combattait ; il ne voulait
pas de « l'égalité dans l'abaissement. » — « Je crois

---

1. *Ingenii ipsius lumen est eloquentia.*

au droit et à la valeur de l'homme, de l'homme indépendant et de l'honnête homme. Je suis pour le système où cet honnête homme peut être compté et se compte pour quelque chose, où il peut, à ses risques et périls, tenir tête au mensonge et au mal, au pouvoir comme aux factieux, où tous ne sont pas condamnés, pour arriver, pour briller, pour être, à toujours courtiser le pouvoir ou l'émeute, à se courber devant quelqu'un, devant un homme ou une foule, à passer sans cesse du club à l'antichambre. Telle est ma foi politique[1]. »

Certes, en parcourant les écrits de Montalembert, ses discours, celui entre autres qu'il prononça devant vous au mois de janvier 1852, on trouvera bien des jugements sévères sur la Révolution française. Il était sans pitié pour les hommes qui « supportent amoureusement le joug après avoir brisé le frein. Le plus grand de leurs crimes, c'est d'avoir désenchanté le monde de la liberté ; c'est d'avoir compromis, ou ébranlé, ou anéanti dans les cœurs honnêtes cette noble croyance, c'est d'avoir refoulé vers sa source le torrent des destinées humaines[2]. » Eh bien ! Montalembert résistait à ce désenchantement qu'il peignait avec une si poignante tristesse. Tout en regrettant que la France n'eût pu suivre l'exemple de l'Angleterre, imiter le mouvement de 1588, « conséquence et sanction de la constitution nationale[3] ; » il proclamait que notre société, sortie de la Révolution et façonnée par trente-cinq années de liberté régulière, malgré ses misères, ses mécomptes, ses éclipses et ses inconséquences, a mieux valu que la société française d'il y a cent cinquante ans[4]. »

Je ne puis, messieurs, suivre M. de Montalembert

1. *Des intérêts catholiques au XIXᵉ siècle*. OEuvres, V.
2. Discours du 9 octobre 1849. OEuvres, III.
3. Discours de réception à l'Académie française.
4. « *La nouvelle édition de Saint-Simon*. » OEuvres, VI.

dans tous les débats auxquels il a été mêlé. J'essaye de fixer quelques-unes de ses opinions en me servant des expressions qu'il a lui-même employées. Je les recueille çà et là, je les groupe, et je crois retrouver le lien qui les unissait sous les variations de la forme. Cette unité de but n'était pas facile à saisir au milieu d'incidents quotidiens. Quand on le voyait dans une même discussion se lever un jour pour saluer le réveil de l'Italie, et le lendemain pour réclamer presque une intervention armée en Suisse, certains esprits lui reprochaient de vouloir tout à la fois défendre et attaquer la Révolution. Mais à distance on a la vue plus claire : les distinctions s'établissent, la confusion cesse, même lorsque l'événement a démenti les plus éloquentes prédictions, trompé les espérances des uns, dissipé les craintes des autres; ainsi le mouvement italien a échappé à la direction du pontife qui l'avait inauguré, et au nord des Alpes l'indépendance des cantons helvétiques a survécu à la défaite du Sonderbund, l'honnête et fidèle Suisse a conservé cette forme fédérative d'institutions que le temps a consacrées et qui ont reçu leur baptême dans les champs de Sempach et de Morgarten.

Si je vous arrête quelques instants à cette séance de mois de janvier 1848, c'est qu'elle est une date dans la vie oratoire non moins que dans la vie politique de votre confrère. Ce qu'il y avait eu d'un peu exubérant dans ses premières harangues disparaît dès ce moment. Il inaugure une manière plus large et plus grande. En pleine Chambre, au pied même de la tribune, celui qui présidait alors aux conseils de la couronne, et qui est aujourd'hui une des gloires de votre compagnie, félicita Montalembert avec cette courtoisie simple et noble dont il a le secret, avec une autorité qui semble être un de ses privilèges. Ce témoignage public plaça celui qui en était l'objet parmi cette pléiade d'orateurs dont nos institutions avaient fait éclore le talent et mûri la raison ; phalange illustre, encore nombreuse, qui a fourni à la

France en détresse un pilote courageux, habile à manier le gouvernail.

Cette parole, qui s'était ainsi fortifiée dans l'atmosphère tempérée du Luxembourg, qui, devant des juges délicats, s'était débarrassée des accessoires parasites, va trouver toute sa puissance et répondre par sa flamme au tempérament ardent des assemblées qui se réunirent après la révolution de Février. L'épreuve sera complète; car il faut aller au fait, pourvoir à l'imprévu, atteindre un résultat immédiat; l'action suit la parole. Et il faut aussi changer de rôle; celui qui combattait les lois de septembre et s'indignait de la froideur témoignée à la Pologne, doit défendre des causes moins populaires. L'homme se souvint-il alors de la prophétie de l'enfant? cette prophétie était accomplie, les temps étaient venus. Tout a changé d'aspect, même les affaires qu'il a traitées toute sa vie. Quand il entretenait la noble Chambre de l'enseignement public ou des rapports de l'Eglise avec l'Etat, il parlait devant un auditoire à peu près unanime, disposé à regarder l'une de ces questions comme suffisamment réglée et à ne voir dans l'autre qu'un sujet d'études sérieuses, de réformes qui, préparées lentement, se seraient exécutées par degrés; la discussion était calme, grave. Aujourd'hui le temps presse, la brèche est ouverte partout; c'est l'indépendance qu'il faut assurer au chef visible de l'Eglise catholique; c'est l'éducation chrétienne qu'il faut opposer aux progrès de l'école socialiste; et devant les questions redoutables qui se présentent chaque jour, Montalembert, comme soulevé par la grandeur du péril, par la violence de la lutte, s'élève aux plus hautes régions de l'éloquence. On peut trouver qu'il a commis des erreurs, on peut le blâmer; mais l'éclat de ses succès oratoires n'a été terni par aucune faiblesse, il n'a pas transigé avec sa conscience, et il peut dire fièrement: «Aucun parti n'a de droit sur moi : je porte avec orgueil le joug de la vérité. »

Une sorte de mirage lui faisait entrevoir le moyen

âge comme une époque « hérissée de libertés, » c'était
son mot. Et de toutes ces libertés dont il croyait retrouver la source dans ce passé lointain, celle qu'il
considérait comme la plus précieuse, je dirai presque
comme le fondement de toutes les autres, c'était la
liberté de l'Eglise. Une autre opinion non moins
arrêtée l'attachait à la conservation des petits Etats
que la fortune de la guerre ou la prudence des négo-
ciateurs avait maintenus disséminés sur la carte de
l'Europe entre les grands empires; il croyait que
l'existence de ces communautés séparées, servant de
sauvegarde à la paix, garantissait aux nations le progrès et la prospérité; théorie contestable peut-être,
qui ne saurait prévaloir contre les faits accomplis,
mais qui a le mérite d'avoir été longtemps la politique de la France, adoptée, soutenue par des esprits
très-libres et des hommes d'État éminents. M. de
Montalembert la professait hautement. C'est ce double courant d'idées qui l'a souvent entraîné dans un
sens contraire à la direction suivie par plusieurs
grands peuples de l'Europe. Il n'en est pas moins
resté l'avocat des causes généreuses, le champion de
l'indépendance des nations. Même lorsqu'on le
croyait le plus opposé à ce mouvement italien dont il
avait salué l'aurore, il avait des paroles de sympathie pour Venise [1], et il eût volontiers répété le vieux
refrain : « Donnez une obole à la pauvre affligée de
l'Adriatique; » jamais il n'a oublié la Pologne [2]; il
s'est toujours associé à la croisade contre l'esclavage,
et dans un de ses derniers écrits il célébrait avec un
enthousiasme lyrique la victoire des Etats-Unis d'A-
mérique, le triomphe des libres institutions dont
l'origine se confond avec la dernière gloire de la vieille
monarchie française [3].

La fermeté de ses croyances religieuses fortifiait la

---

1. *Lettre à Cavour.* Octobre 1860. OEuvres, V.
2. *Une nation en deuil.* OEuvres, IX.
3. *La victoire du Nord aux Etats-Unis.* OEuvres, IX.

liberté de son esprit ; sa foi étant toujours hors de
cause, il exprimait son sentiment avec une résolution
qu'une certaine nuance de doute eût peut-être affaiblie
chez un catholique moins sûr de lui-même. Je l'ai vu
revenir de voyage tout rempli du spectacle que pré-
sentait l'Ecosse au moment où les presbytériens, séparés de leur Eglise d'Etat, couvrirent ce pays de
nouveaux temples construits en quelques mois. Il
louait l'effort que la ferveur avait arraché à ces calvi-
nistes riches et d'habitude bon ménagers de leur
argent; mais c'était avec l'accent de l'admiration qu'il
parlait de l'humble sacrifice accompli, chaque di-
manche, par le pauvre et imprévoyant Irlandais, dont
les sous accumulés ont élevé de magnifiques cathédrales. Toute conviction noble et sincère lui inspirait
le respect, était louée par lui sans réserve. Toute per-
sécution l'indignait, quelle que fût la victime et quel
que fût le bourreau. Il détestait la Saint-Barthélemy
à l'égal des massacres de septembre. Il s'agenouillait
devant le missionnaire catholique qui bravait, pour sa
foi, le bûcher et la torture, et répétant une belle parole de Pierre de Blois, il saluait le huguenot qui à
la tyrannie résistait jusqu'au sang. M'entretenant un
jour avec lui des grands événements du seizième siècle,
je blâmais Coligny trop prompt selon moi à commencer la guerre civile. Pour toute réponse, Montalembert prit sur les tablettes de la bibliothèque un
volume de l'*Histoire universelle* de d'Aubigné, et lut
avec un accent inimitable le récit antique de ce débat
nocturne entre l'amiral et sa femme, où l'homme ré-
veillé par les sanglots de sa compagne, lui montre les
difficultés de la lutte contre les « possesseurs de cet
Etat aux racines envieillies, » les périls certains, « la
nudité, la faim sur la terre étrangère, la mort par le
bourreau, l'ignominie des enfants infamés ; » où la
femme, n'entendant que « ce cri des siens qui monte
au ciel, » rappelle à son époux que l'épée de chevalier
qu'il porte est pour arracher les affligés des ongles
des tyrans. » L'amiral entraîné monte à cheval au

2.

point du jour. Avait-il tort, s'écriait Montalembert, « de croire qu'il deviendrait meurtrier de ceux qu'il n'empêcherait pas d'être meurtris. »

La dernière fois que j'ai pu le voir, c'était dans un vieux manoir du Brabant, à Rixensart, au milieu des plaines de cette Belgique qu'il aimait comme terre catholique et libérale, et à laquelle il tenait par le plus doux des liens. Depuis plus de trente ans, il avait trouvé l'amour et l'amitié auprès d'une compagne digne de lui par le cœur et par l'intelligence; après avoir paré son intérieur de toutes les vertus et de toutes les grâces, elle le consolait dans son affliction par les soins les plus dévoués. Elle l'avait allié à une de ces vieilles familles wallonnes, compatriotes de Commines et de Froissard, que de grands souvenirs attachent aux provinces jadis réunies sous le sceptre des ducs de Bourgogne; le nom de Mérode, associé à la fondation de la Belgique, a toujours été porté dignement dans nos assemblées. Rixensart appartenait aux Mérode. C'est là que j'ai contemplé ce cher et illustre malade, étendu sur le lit qu'il ne quittait plus; une longue barbe blanche entourait son loyal visage; sa parole était toujours vive, animée, pleine d'indignation contre le mal et d'enthousiasme pour le bien, gourmandant le scepticisme des uns, la paresse des autres, mais avec un ton nouveau pour moi, avec je ne sais quoi d'indulgent et de majestueux, avec la sérénité du chrétien qui sait que les heures sont comptées, et qui voit, sans pâlir, approcher le moment où il apparaîtra devant son Créateur. Et je songeais à cette parole de Bossuet : « qu'une âme guerrière est maîtresse du corps qu'elle anime. »

Dans ce dernier entretien, il me parlait surtout de l'ardeur qu'il croyait voir renaître parmi la jeunesse, et, bien qu'alarmé de certaines tendances, il se montrait rassuré sur l'avenir ; il ne connaissait pas le découragement. Jamais il ne fut au pouvoir, et jamais il n'y avait aspiré. Une seule fois il se trouva du côté du vainqueur ; ce ne fut pas pour longtemps.

Mais, exclu de la vie publique, il sentait le poids de l'inaction, et tant que sa santé lui laissa quelque espoir, il désira y rentrer, s'y mêler autrement que par les travaux de son infatigable plume. «*Non recuso laborem*, je ne refuse pas le labeur, la peine,» disait-il [1]. C'était la réponse qu'un des patrons de la France, saint Martin, fit à ses concitoyens quand le vieux légionnaire dut quitter l'obscurité du cloître, où il espérait se reposer de ses vingt campagnes, pour aller remplir les devoirs de l'apostolat chrétien [2], devoirs très-lourds, très-périlleux alors, hélas ! parfois aussi périlleux de nos jours.

Montalembert avait une nature dévouée et confiante. Il avait cru au rétablissement de l'ordre après 1848, et après 1852 il ne douta pas du retour de la liberté bannie. En 1870 il crut à ce retour ; à la veille de sa mort il m'écrivait : « Du fond de ce grabat d'incurable où s'achève une vie qui n'a jamais été bien brillante, je me sens réchauffer et en quelque sorte rajeunir au spectacle de la résurrection politique de notre pays. » — Dieu lui a épargné la plus cruelle déception.

Messieurs, l'heure s'écoule et je vous ai à peine indiqué quelques-unes des œuvres de M. de Montalembert. L'esquisse que je vous ai présentée est bien incomplète. J'ai oublié des parties essentielles, négligé plus d'un côté de cette figure supérieurement originale, de cet esprit qui a tout embrassé, de ce chercheur qui a tout fouillé. Mais vous devez avoir hâte d'entendre ce maître que vous aimez comme moi et qui me tenait sous le charme de sa parole, même au temps où je devais l'écouter par devoir. Je ne puis cependant m'asseoir sans vous avoir dit un mot des *Moines d'Occident*, car c'est par excellence le livre de votre illustre confrère ; il l'avait commencé dès son

---

1. Lettres à un magistrat de Besançon.
2. *Les Moines*, I.

adolescence; la mort l'a frappé qu'il y travaillait encore.

Dans son premier essai, la *Vie de sainte Elisabeth*, écrite quand il avait vingt-cinq ans et sous l'influence d'une vague mélancolie, il avait résumé la poésie catholique de la souffrance et de l'amour. Dans les *Moines*, œuvre longtemps méditée, fruit de profondes études, il présente au lecteur un tableau de la rénovation sociale du monde, un chapitre de l'histoire de la civilisation, l'histoire de la civilisation elle-même, et il aurait pu prendre pour épigraphe ce jugement porté dans le *Journal des Savants* par un de vos éminents confrères [1] : « Le grand agent du salut social aux cinquième, sixième et septième siècles, ce fut l'Eglise. » Aussi a-t-il quitté cette fois la forme attrayante, adaptée au goût du jour, les procédés de nos vieux conteurs, les têtes de chapitre empruntées aux impressions de Vérard et de Galiot du Pré. La haute intelligence et le jugement mûri par l'expérience mettent seuls en œuvre les matériaux accumulés par ce vaste travail. Le présent n'est pas oublié, et l'allusion est souvent transparente; le cœur aussi a sa part, et ses mouvements se traduisent, ici par un cri de sympathie pour les classes ouvrières et souffrantes, là par une page admirable consacrée aux sœurs de charité. Mais, dans l'ensemble et dans presque tout le détail, c'est l'action civilisatrice de l'Eglise qu'il constate, ce sont les origines de la liberté qu'il recherche, et que peut-être il entrevoit à travers un prisme grossissant. Il a le ton grave de l'histoire; Tite-Live lui sert de modèle ; modèle bien choisi, puisque le sujet effleure parfois la légende, même lorsque l'auteur veut se maintenir dans la sévérité de l'historien. Il use d'ailleurs sobrement de la légende; il la choisit avec discernement, il ne la déguise pas et la présente avec un caractère symbo-

---

1. M. Littré.

lique, celle-ci par exemple : Parcourant un jour les environs de Subiaco, saint Benoît rencontre un de ses frères, un barbare converti, qui se lamentait au bord du lac où sa faux venait de tomber. A la voix du saint, l'onde ramène l'outil aux pieds du frère : « Ramasse ton fer, lui dit Benoît, travaille et prends courage. *Ecce labora et noli contristari*[1]. »

Ces mots ne vous rappellent-ils pas l'austère parole de l'empereur Sévère [2] que vous répétait ici un grand, sage et vertueux citoyen, dont le nom vous est doublement cher ? N'est-ce pas la même pensée, présentée sous une forme plus douce, moins stoïque et plus chrétienne ? C'est presque une de ces devises que Montalembert aimait à rassembler pour les semer dans ses livres, dans ses lettres, en les variant sans cesse. Il en avait une qui appartenait à sa famille ; je l'ai retrouvée sous son vieux blason : « Ne espoir, ne peur. » Peur est un mot qui n'avait pas de sens pour un cœur tel que le sien ; l'espoir que ses aïeux lui défendaient, c'est l'ambition malsaine, la soif des honneurs mal acquis. Ce n'est pas ce noble sentiment dont le christianisme a fait une vertu. Le courage de Montalembert n'avait rien de passif, et son désintéressement n'excluait pas l'espérance.

Messieurs, à une époque de découragement, sous un ciel sombre, au milieu de ce triste quinzième siècle, âge de fer et de sang, qui n'était pas le temps moderne, et qui n'était plus ce poétique moyen âge cher à M. de Montalembert, quand la croix disparaissait des rives du Bosphore, quand le roi de France, fou et détrôné, était remplacé dans Paris par un prince étranger, quand tous les fléaux, tous les genres de guerre dévastaient notre pays, aux temps de l'invasion anglaise, de la peste noire, des Jacques et des Grandes Compagnies, un de mes aïeux, un cadet de race royale, donna

1. *Les Moines,* III.
2. *Laboremus.*

pour cri de ralliement à ses compagnons ce seul mot : Espérance ! Montalembert aussi espéra toujours. Il n'a pas connu nos suprêmes douleurs. Ses derniers jours ont été agités par les inquiétudes qu'il éprouvait pour la paix de l'Eglise ; mais la fermeté de sa foi le rassurait ; il ne craignait rien pour l'unité catholique, et il est mort sans savoir que c'était l'unité de la patrie qui, hélas ! allait être frappé·. S'il avait survécu à notre malheur, il se serait souvenu de saint Benoît et du convers de Subiaco, et je crois l'entendre dire : « Ramasse le tronçon de ton épée brisée, pauvre France! panse tes blessures, travaille et prends courage! *Labora et noli contristari.* » Et de sa puissante voix qui, même altérée par la souffrance, aurait un bien autre retentissement que la mienne, il répéterait le cri que Bourbon poussait au lendemain d'Azincourt, le cri chrétien et français : Espérance !

PARIS. — TYPOGRAPHIE A. POUGIN, 13, QUAI VOLTAIRE.— 4936

109

PARIS. — IMPRIMERIE DE A. POUGIN, 13, QUAI VOLTAIRE — 1936

www.ingramcontent.com/pod-product-compliance
Lightning Source LLC
Chambersburg PA
CBHW060849180626
46818CB00004B/1640